詩人選粹 3

錯把月光當黎明

翁月鳳詩集

新世紀美學 出版

錯把月光當黎明

許世賢

走過少女情懷總是詩的青春歲月，月光如斯明亮：步入中年遍嚐悲歡離合的人生，月色皎潔如詩。詩人翁月鳳年輕時即熱衷創作現代詩，並積極投稿諸多報刊，其中以中華日報刊登最多，深受當時任職中華日報副刊之名詩人向明賞識。經過歲月焠鍊的翁月鳳，心境愈趨成熟睿智，詩心卻依然自在優游，字裡行間充滿生活雅趣，隨順生命歷程的機智與幽默，滿溢詩意盎然。猶如馬克吐溫般質樸風趣，讓其詩集清新如晨曦朝露，晶瑩剔透，圓潤飽滿。

換個角度看風景

翁月鳳

不知從何時開始，寫詩成了心靈寄託。也許是在與自己的對話中，一點一滴的體悟與成長，療癒了自己並且成為生命中不可缺少的部分。寫成了一本詩集才找到了自己。試著不再說憂鬱，並學著用「心」來看世間。換個角度來看風景，會看見未曾發現的美。

錯把月光當黎明
翁月鳳詩集

目次

目次

錯把月光當黎明
翁月鳳詩集

目次

錯把月光當黎明

翁月鳳詩集

目次

看雲

廣闊天路　任雲來去
散髮的浮雲是浪人
盈白的行雲是遊子

浪人的心是天涯的煙炊
只給淡薄不給承諾
遊子的心是鄉愁的伏筆
憨厚善感　易成窗前的淚

雲
沉吟的厚薄
全憑風的悲喜

打電話

從 0 到 9
指尖按下挑選過的那幾個數字
像腳尖輕踩過沙灘

美麗的心情偎在思念的渡口
傾聽熟悉的潮聲

潮退後的夜
記憶　泊在枕畔
睡意卻
逐浪於去

灰姑娘

順著台階拾級而上
尋找夢與現實的戀情

踢掉腳上的玻璃鞋
愛的觸覺喚也喚不醒　穿它何用

錯把月光當黎明
枯坐階上
錯身而過的是
　童　話

失約

時間　一分一秒溜走
一顆企盼　越來越像流言

不慣等待
決定
只帶自己
去　兜　風

聽老歌

那曾揚長而去的昨日
隨著音符又
肆無忌憚的奔跳到眼前
年輕　閃亮又蠻橫
並且有著佔據今日的躍躍欲試

不敢把心貼近
因為連感覺也學會了
背叛

邂逅

在腦海裡搜尋那人的名
回憶　亦步亦趨

未曾收藏過的執著裡
怎麼也掙扎不出熟稔
模糊的昨日的曾經
連熟悉也
隱隱　約約

白髮

每天
學著向日葵　等待日出
伸長脖子　踮起腳尖
讓太陽靠得更近

要收集多少暖意
才夠融這千年不化的雪跡？

鞋

相約著
要去溜達青春

扛著腳
往左
還是往右？
若要追那已隨雲散的春夢
真叫人　意興闌珊

別把我當殼似的擺脫
少了腳
成雙的等待
哪兒也不想去

影子

有風
舒服地在樹下小憩
只是
樹呀
你是否有著心事？
要不
為何風一來
便抖落你滿地喘息不止的
心跳

口紅

如倒影
非倒影
緊緊相連的兩座山
約會前
描繪上明暗深淺
顛覆原始寒傖的唇色
增添美麗

可這善妒的
全然不顧我的羞赧
一膩上你的頰
總讓我的戀
無處　藏蹤

街燈

夜色輕籠
我的柔光便復活了
當月悄聲移步向西
無法舉足的寂寞也　蠢然
不是故意偽裝成恆星
只是被
禁錮

燭

以為
暗黑可以遮蓋一切
那熾熱的心卻使自己更暴露

我不是他們的後裔
那被我摒棄在外的星辰
日日起起又落落
擅騙的吧

點燃我
這長長短短的一生
將為你停留
為你照亮任一個
陽光不到的國度

鏡

靠近我
將你的愛或憂傷對分
於我是　輕而易舉

虛虛實實
空間的無限延伸
完完整整
身與影的相隨

臨枕
帶霧夢境
心　完完整整
情　虛虛實實

呀

夢如我

我亦　如夢

見面

好久不見

你用雙臂把我圍成個繭
閉上眼
此刻我是偷嚐了蜜汁的蛹

你的臂彎不該是我留戀的角落
但　怎能讓你知道
有些感覺
禁不住這樣的
　一試
再試

落葉

有一份情感
在朝夕相伴中
如今
不值如一枚紙屑

再也回不去了
那喧鬧著綠意的枝椏
是我形貌被複製的原鄉

在季節的風中
咫尺已
天涯

想李白

花間獨酌的魂
已仙入詩

浩瀚中
難捨舉杯盛情的
仍夜夜徘徊

詩已到
陪月亮　等詩中仙

邀請

遺落在殘夏裡的
春雷　乍響
久久　無法平息
如你的邀請
然　答你偽飾過的矜持

說都說了
又恐驚蟄快意攏春老
唉——
真不該
把拒絕　當
遊戲

風鈴

雖然
在窗口紮了根
卻不能安穩
風的逗弄
震顫了我每一根神經

可那風是我的財富呵
總給我呼喚的力量
叮噹叮噹叮⋯⋯叮噹⋯⋯⋯

有時
只想靜啞地守候
那風卻又——

到底
想你的是我
還是風？

雨，只下到昨夜

門前的水泥地
雨潤，也潤不回軟泥
雨下了，積成漫淹的淺塘
雨下大了，蓄成湖泊懷了小溪

多雨的日子
涉水的履痕
長成了悒鬱的苔

那天
淅瀝了一夜的雨
累癱在水泥地上
變成了一張藍色的毯

毯　好藍好藍
成群的雲都跑來玩耍
雲　好白好白
心　好暖好暖

幽徑

樹，在打坐
瀝出了幾個鳴囀

靜極了
按捺不住瞌睡
樹影　跌落處處

詩意漸層著
一段綠
一段路
一段境

蔥蘢著

一份天成
一份俗慮
一份知遇

歡唱

樂音之路通四方
有緣知己聚一堂
你歌蕩氣撼山岳
我訴繞耳情如綿
月牙兒的自信
展現未缺時的圓
麥克風幫腔
心中的歌放膽唱

登山

嚮往山頂的風景
嚮往俯瞰的壯麗
登嚮往的高山不意外
意外的是
心　健步如飛

再多的荊棘和峭壁
都不怕
攜手同行一起努力
勇往直前不退縮
心　已等在那裡

海和天

聚雲不屯行雲不羈
幾筆淺藍煙白輕揮
粉刷天牆　淡淡

銀銀素絹水面盡攤
顫顫碎浪隨緣隨喜
寫意寧靜　無為

蒼天碧海同心迹
莫論高低勝知己
自若神色連一氣
相融色調如一體

想看櫻花

武陵農場遭櫻灼
火勢一發如倒海
燒出桃源客爭入
為避火源空蹉跎

縮時攝影

看天象幻化
瞬息無常豪邁千里
看花開放
不見遲疑力度完美

一鏡帶過時空的流轉
不反覆　不執著
執著　是僭越的等待
無常　從不誆人以等待

自信加勇氣
生命的花朵
開出有恃無恐的美

縮時的景歲月彈指過
把握日升天光　追步
光明的指引
珍惜多雲時晴　回眸
少了撐傘雨淋

賞雪

天傾倒
擊碎的雲　不陰不晴
天灑下
凝結的雨　半飛半停

傾倒再傾倒
傾倒漂漂泊泊的涼意
灑下再灑下
灑下顆顆夢幻的珍珠

雪白白　是慈悲
覆蓋混雜重塑純潔
雪白白　是原則

不受汙染的清一色
雪白白　是省思
從近踩到遠矚

雪，道盡了白的含意

倒影

睇一片水域
喚出另一個自己
脫掉腳下金蓮
兩心相同
不必亦步亦趨

趁夜匍匐來到跟前
背與背相倚浮沉共濟
孵個孤單
在水裡

天涯何處尋知己
何人心手相攜

熨平漣漪
水中看取

可愛的耽誤

一大早
窗邊樹上，有鳥
・・・・・・兩隻

說話課？
大聲教　弱聲學
唱雙簧？
一搭一和銜接無瑕
語音流利圓滑如珠
是三輪車跑呀跑得快

節拍忽又反覆不停
三輪車已經

卡呀卡在小山崙

有些膩了
一個轉折
彈跳出好多個裝飾音
敏捷有韻
鳥飛　神回
平白多了支小曲

早
不見了

冬日裡

總是
對冬有小小的怨
怨它裸露寒枝

愛春　催生嫩芽
喜夏　教蟬兒吟唱詩篇
憐秋　葉落得不顧一切
只為讓出整個季節

散著步的冷天
小徑掉滿了葉
就這樣走著
走進冬的冷心眼

就這樣走著
枯澀的葉被踩出脆響
湊耳細聽，是——
春的嬰啼

阿勃勒

花的刪節號
串成夢的鈴
傾瀉如雨
掛在枝上搖曳

迷離著，月光過
夜深的情緒
斷續著，風乾過
欲吐未吐的話語

小茉莉

一

小小的茉莉開了花
清新的可愛白
聞著茉莉
聞著具體的記憶
花好香
在幾乎被吻上的距離

二

誰把記憶柔摺
裹成小蕾
在夏心雪爆初戀的絕句
破題的相思
香凝在茉莉的夢裡

仙丹花開又開

粉粉嫩嫩紅偏紫
枝頭當紙揮灑自如
情比夏濃豔冠群芳

看一眼
心上秋　闌珊
望一回
懷中涼　澹蕩
剪下阡插
朵朵　朵朵　開又開
向陽招展

煦煦暖花相為伴

少一季黯然心緒
燦燦花顏可比方
多一筆紙短情長

新芽

雖然是植物
也有凌雲壯志
不斷地往上伸展
是唯一的去處

直到那一天
被攔腰剪斷
反覆思量
是初衷有誤，還是
意氣風發得不修邊幅？

驚喜　總是在日子裡
慢慢醞釀生成

在挫折處群起歡呼

成熟　不代表高度
那是個折返點
放下身段
才能獲得新知

禾尖上

早起的鳥
專司晨間序曲
幕一揭
便熱鬧起來了

花兒們早已展開笑臉
稻禾們也高捧著甘露晶鑽
慎重地　愉快地
迎接新的一天
它們是如此地富有又慷慨
我也有好幾顆晶亮的寶石
卻不願拿出來獻給旭日

只肯鎖在眼的寶匣裡

綁架一隻蟬

換季了
有季節的逃兵
在耳畔
屢屢　嘶嘶
煩

這讓我起了歹念
想　綁架牠

就把牠偷偷拴在
那可恨的人耳畔
也這樣地
　屢屢　嘶嘶

蝸牛

曾幾何時
我的後花園
成了仲介的地盤
牠們揹著房子
四處兜售

一房一廳一人住
沒有電視沒有冰箱
沒有沙發沒有網路
不怕有人來喝下午茶
主打　不會有鄉愁

小太陽

趕了一夜的路
終於來到了會場

司儀用那嘹亮的啼聲喊：
月亮　請休息
下一位　請出場

用微微亮
輕敲你的窗

請給我你眼裡的
金絲萬丈
我要日出

你夢裡的光芒

已讀　不回

一腔熱烈
一句招呼
一指送出空中錦書

一份冷漠
一份生疏
有眼神掠過留言處
應是訊息迷了路
誤闖陌生人版圖

犁田

蚊子當兵，新兵入伍
雙輪轎車，路面穩行

微型空降機
玉臂試停

西方無塵清靜地
絕頂停機坪
一心相送一時離手一個失察

初入莊稼列
不知休耕田，其硬
如鋼

你故意不知道

有人在找你
是我家的想念
但是你家門鈴太高
手都按不到

樹上的鳥
有些浮躁
水裡的魚
不停地吐泡泡
唱給你聽的歌
總是太老

嘿～～

我就在你家門前奔跑
別逼我練習撐竿跳
我知道你的窗沒關
我只要一躍
不讀不回
全都逃不掉

看醫生

知道你在想我
於是，我病了
雖然病不重只輕輕
仍渴切地
想讓你聽聽我的心跳
想聽聽你對我的關心

從想你的那天說起
那是　忽冷忽熱的惦記
又夾雜些滲骨的疲意
思念已輾轉成
涇渭同源的細水涓滴

你給我
三顆大小不一的中秋圓月
一粒不食不化的曩內真心
還有半壁粉紅江山
隨餐送服
就想替代你的不在左右

只想咳盡肺腑裡的領悟
不對你說再見
不想再吃你給的苦

感冒中

是你回來找我嗎？
青春

流行
撇開感冒
我仍找到了我的驕傲

不願開口
不願拿下口罩
不願張揚
青春又回來找了我
並且帶著它特有的沙啞
給了我慰勞

不確定
當聲音恢復純淨
是否就退了流行
只知道
在流行中
又體驗了一次
「轉大人」的情境

雨中折回

雨斜斜雨溶溶
我在大雨中

雨在眼雨在頰雨在整張臉
雨中戲子擠眉弄眼
欲抗百川在此匯聚

雨不斷打在臉上
想喚醒心被淋溼的感覺
滂沱地滂沱地催人
傷心再虛擬一回

天亮之前

一個人走
有些孤單
越界的茫然
像鬧街的霓虹挑釁星光

天亮前的路
黑了些　卻擁擠著浪漫
我在找
走失的月亮

把心打開探看
卻被月光填滿

送你的

不再說不再想
回憶的當初或假設的如果
都相遇了　旅客的你和我

不算短的旅程，偶爾
風雨打花了眼前景
再往前行
天又霽境更明
連風景也對我們推陳再出新
暗暗盤算著
分手前送你禮物當紀念
列車漸行漸緩漸行漸緩⋯⋯

早早把手探進行囊
拿了愛出來

思念在遠行

不讓你知道
風被帶去旅行
晨曦會啞了鳥語
不讓你知道
雲被帶去旅行
虹彩會遁入沉寂

只對你說：
旅途愉快

惦記　是輕拂頰臉的微風
惦記　是窗外佇留的雲朵
也許

你化身風化身雲
往我尋來

你在異鄉截取的風景
是淺碧的天
孵出了靜白的月
我在故鄉讀取凝視的眼
是薄荷過的心
還珍珠著掛念

掌紋

手掌撐開再撐開
企圖找出一條未曾察覺的
峰廻路轉

只見生命和智慧同出
是流星駝夢跌落的弧
是瀑布奔騰又墜崖之姿
那情感的
兩掌合湊半個圓也嫌不足

用毅力
再鑿開一紋通往銀河的路
一點一滴，一點一滴

在生命與智慧的源頭交會
引入星星的光輝

走在沙灘

浪花不停地綻放
在這喚作遺忘的第五季

沙灘上走出長長
遛著自己的腳印
浪來打
腳印們一哄而散

隨生即滅的沙灘
只想留下一雙走過的
皆是虛妄
大海淹埋了一個屬於我的
曾經

也許

同學妳好

妳像蝴蝶
循著花香
又回到舊時的花園
再長再遠的路
也不能阻攔
我想見妳

我們聊著
聊著粉筆畫過的青青年少
聊著操場有過的妳追我逐
還有好多好多
沒有共同參與的種種

我們也都已擁有
不分四季的風景頂棚
那是綢緞般的黑色森林
和密布的芒花小徑

臨別也依依
只好用相機
把兩人框在一起

早安，朋友

一朵早起的雲
是轉世的蓮
開在旭日的身旁
宣示著天清氣朗

一聲問候
是夏蟬吐出的真言
棲息在耳畔
來自輕觸的指尖

為你
心海蔚成藍
攤成無際無邊

讓祥雲飛翔

為我
掃除五指山的煙嵐
讓頌經的蟬
築巢在山之巔

想念

歲月蝕不掉的每一張臉
撐住照片裡的想念

孩童們已從童言無忌
學會了絮絮叨叨
誰？在心靈的窗外
偷掛了魚尾隨風飄搖

明知，童年已遁入空門
緣份卻失足跌落記憶的深坑
獨自繁衍思念的心跳

隱約聽見　上課鐘響

用盡氣力大聲喊：
同學們
　　各位同學
進教室了！

我們

還不懂得匆匆
我們的昨天
就聰明地伸手牽著今天
並肩走一起

春夏秋冬複製貼在天空的虹
回憶　全是七彩的話題

就像那個夏天
搖落校園的蟬聲
叛逆的行蹤才沒被放送
老師說的話
還裝傻在翻牆的影子裏

我們的今天
早已伸手牽住了明天
就這樣
要一直走到永遠

聽你唱歌

像憂傷的情懷瑟瑟走過
似心頭被濃霧上了鎖
你的歌聲
輕易填滿我愁情的溝壑

讓我來
寫首草色青青
譜曲藍天白雲
交予你　交予你
唱給我聽

就像那牧童
悠悠地放牧

放牧清響的脆笛

中秋月圓

從靜中走出
夢的句點
圓滿又光亮

期待的眼
懸在二分之一的秋
歸鄉的跫音
驚落枝上瞌睡的葉
等久了吧？

風中旋舞的
是秋葉是秋思
是閒愁一頁

華燈初上
又點亮了團圓

看海

心海萬頃
只載小舟一葉

風搖　舟擺
風靜　舟定

海和風連手戲弄小舟

岸邊獨坐
不做舟上玩偶

情緒轉換

不想這樣
當個影子
任光擺布

我想　做自己

直到認識了畫家
負面情緒全拋了開

光的移動
帶出我的多樣貌
整幅畫
我是靈魂的主宰

流星

有時覺得
放空　是種縱容
縱容思緒不給夢努力的衝動

有時覺得
執著　是種縱容
縱容自己編織難圓的夢

像在夜空奮力的一躍

放空
摔碎的是自己
執著

捽碎的是夢

無所適從
一如不敢妄動的眉
微蹙
愁　全都落到了心間

留言

奔向下一個
沒有爭執的路口
想想愛的去留

天，越來越黑
逆風的絕望點了燈
指引淚的征途

天，越來越黑
手機裡有句「不要走」
還在等著
讀或不讀

夜，飽含的黑太曖昧
訊息太難判讀
等抹去淚痕再決定
回或不回

窗外

一趟單薄的旅行
只想喚醒逐漸失去的知覺
列車飛快地
載我離開

看著窗外
景物背道而馳奔回原點
尚未看清就已擦身而過
若它們都棄我而去
那　前方
將只剩一片戈壁

罷了

就不再執意

枕上有仙

夜已半累已酣
眠在等

心中事
捷足先登
學仙枕上盤

枕上仙不悟
夜　難夜
眠　難眠

箏

一襲風袍披上
手中線帶路
箏就爬上了天

看山看水看眼下一切
倦了累了
線收就回

不是被拉扯的傀儡
是至始至終
不被放手的牽掛

盆景

盆裡的樹已成枯枝
仍被擺放店門邊

它再也不用靠春色打扮
借秋氣卸妝

已將一生豐華
鍛成藝術價值
回贈給造物主

定是感恩的心
走過生命的每一刻
才形塑成美麗枝殼

罰單

染色的星星明滅在街頭
馳騁的車輪寫下了篇章
快
是紅無法囚禁的自由
是險寫在虎口的序言
紅
是眼裡的燙傷
是口袋裡的未爆彈
果
是拒絕安全的共識
是生吞傷腸的紙張

緣起

也是紛紛

靈犀門外
柳絮飄飛
日子　是停滯的水
撿拾熱忱的小石
拋擲入水
看意念蕩開
無趣同心圓

改變，就從這天起
是歇業雜貨店的書
掀開內頁

掉落好多文字種子
隨手撒入心田

改變，就從這天起
奇花異草青翠盎然
偶有小花發散馨香

也是紛紛

靈犀門內
飛入彩蝶
春，躡足而來

沙漏

不過是空與有的反覆

想
用力擊破瓶身
不讓沙流著計時的
戰膽驚心

又想
心該如何自處？
才能像瓶內的沙
增減自如漠視無常

想了又想

把瓶橫放
擱淺了想

路上

前方的路
延伸到雲的故鄉
那裡閒雲朵朵
迢遞著朗朗

回望
來時路已成舊遊
歸心　被晴空釋放
似箭

轉頭
一箭射下
怨與悔

天空漆了雲

雲漆未乾
被貓踩過
晴有了濃淡

等雲乾了
就把它珍藏

風呀
不用把雲推推又移移
乾了的雲漆
不會在眼裡變成雨

換巢

鳥兒有幽谷
鳥兒有山林
晨昏定省
搧搧翅　抬抬腿　扭扭臀
自由的空氣
給感官所有的溫存

老，是潛能
自由，是圈套
就是進化到無翅
才被捕入小小的牢
思及此
不禁流下了淚

這滴哀嘆的淚被退了回

怎可輕信不可靠的暗示？
牢　是被上了鎖的
牢　是存放鐐銬的地窖
請轉個身
試著走走瞧瞧
看看這可遮風避雨
慈烏住的
更溫暖的巢

夕陽

是我凝視的眼過於熾熱
還是來不及收拾的炭火
讓你烈焰灼身

地平線下
還藏有多少個夜
一次次地告別
一次次地輪迴
為的是要成就怎樣的美

不會受傷的離別
用浪漫演繹成絕美
墜跌的是

夢的錯覺

天空之戀

雲
連疊再連疊
漂泊的全都喚了回
浮生要託寄給藍天

天
藍得不能再藍
深邃又清澈
是成熟穩健的胸膛

白雲偎倚藍天
浮誇了愛與戀
愛　寂寞著遠遠

戀　距離著綿綿

天在心

雲在眼

真真假假都是美

往紫竹寺的路上

茂竹密如屏
夾道引幽徑
天幕遮半簾
節節是虛心
萬般因成果
莫再求觀音
除卻蒙心塵
竹濤心上聽

壁鏡

試道風情一掛畫
疑似仙山師如來
習得幻術勝齊天
以壁為家鑿洞開
訪客留影景更新
如雲聚散心自在
不忮不求憂共解
隨緣喜樂收入懷

天涯旅人

是那個熟悉的呼喊
穿越夢的藩籬尋來
催促著離席
留下謊與紅塵對弈

醒在明日的天氣裡
輕快是唯一的呼吸
雲兒不會淚滴
風兒忘了嘆息
那過路的達達
是馬蹄調過的時差

路呀！

別怪足心的溫暖太須臾
只為找回輪迴的岔口
掉落的鞋
才放任雙腳
在天地間游移

珍惜

想起身邊好朋友
又不自覺地欣喜
握緊緣分牽的線
未來日子不走散

人生若是苦海
我們海上行舟
用笑語破風雨

管他路過走過超越而過
那洶湧的
新浪所推擠
我們都不放在眼裡

互相支持和鼓勵
程程旅途有考題　無怨
步步踏實不空踩　無悔

聖誕紅

聖誕紅是搶匪
攔劫過路人的眼光
聖誕紅是火焰
燃燒冬季的蕭瑟

擒了匪
得了火
再也不擔心十二月的殘雪

花開

曾經以為
夢的種子種在沙漠
不去想開不開花

花　開了
也許，是我滴落的汗水
也許，是我掉下過的淚

花給了回答：
汗水和淚不停地澆灌，才
錯把月光當黎明

北上

坐在時間的椅上
看車速更換窗景
穿行在流浪的想像

短暫的相聚
捨不得成閉上眼的企盼
再次，又待何時？

只好把明麗天色
展延成光的翅膀
載每次的念
北上

螢火蟲

螢針
縫過了夜
光的眼
又被偷走了幾串

無題

玫瑰輕釀了黃昏
微醺了海上舟楫
詩　進退不得了

被海平面切割的字句
半虛　半空
全是詩意

唯一

月　掀開眼的簾
取走所有的皎潔
我的眼
再也無法為誰盈滿亮

城市種下的樓
長出了星子萬點
在夜間喧嘩璀璨
魅惑無數個憑欄的慣常

等待的一輪已抵達
錯落的樓與樓
只能擁擠著暗沉的繁華

窗

關得住一室的沉寂
關不住歲月的呼吸

靜默的窗
用歷史的長寬
在赤嵌樓的一隅
美著古樸的斷章

樹的獨白

不願長成千年的等待
怕思念的梢尖太脆弱
會被天空給折斷

這拂面的山嵐朦朦朧朧
時而喜近　時而撲朔
那依依的白雲慵慵懶懶
似欲俯吻　隨又放棄

逢或不逢　隨緣
反正
山在　我就在

誰的臉

歲月
收回了榮耀的光
感覺　全失了溫
失了溫的臉
嘴
忘了微笑的弧度
徒留霸氣的眉眼
鑲嵌在這片冰原

過時的自信
斑駁在回憶裡
蒼白著這張

陌生的臉

自嘲咖啡

把山摺疊　又堆疊
一層層地
日出著
那虛弱的願望

跌落　再試
跌落又再試
飛翔
已成了徒勞的掙扎

獨自啜飲著
無奈沖泡出的咖啡
一杯又一杯

取名叫
自嘲

詩之約

向一道光出發
明明亮亮詩的視覺
視您視我　詩在眼裡
覺前覺後　不再錯過
詩您的詩　詩我的詩

報上　網上　胡思上
暢行無阻詩的絲路

許是雁足帛書
世語寄詩篇
賢才共赴

在那個路口

幾朵複瓣雲蓮
擠掉了半邊天
協紅燈一起把腳步攔下
雲蓮有輕暈的忐忑模糊灰花緣
還有顯眼的勇氣光花托
綠燈亮了
眨眼摘下最美的那朵

雨

雨下在地的溪
溪找回了青春笑語
從西到東歡樂潺潺

雨下在心的溪
溪拔足狂奔
嗚咽著從北到南

雨
下在天地間
滋養了大地
雨

下在心的溪
沒有給錯方向

你看
自由已溯溪
歷劫歸來

電扶梯

一眼就看穿這道題

反向平行前進
兩顆心
能拉開多遠？

怕你不懂得牽掛
怕你的漠然預言了千里
是緣分出的題
不是錯開彼此
練習離別的設計

放對方在眼裡

兩顆心
沒有距離

天空有一首歌

電線桿分立兩端
拉出幾條平行線
秤著鳥兒的重量

平行線是天空的譜
我們是線上暫歇的小音符
可靠近　可分開

白雲是緩慢
藍天是輕快
休止符
被風吹走了

染髮

負心的青春
留下的黑瀑一匹
已被寂寞爬梳出了白
多情的鏡中人
仍日夜懷念著
那依戀的唯一

我們和解吧！親愛的
我已不再堅持偏愛的白
都聽你的
黑就是了

睡眠不足

喵～喵～
所有報曉的雞都噤聲
喵星人來了

來自外太空的喵星人
又呼喚起整個宇宙
餓的時空

空著的碗　是待補的蒼穹
睡眼惺忪的女媧
補好了天
覺才回得了籠

彩虹

深情被攪成灰黑
哭泣的心
陽光來安慰
懂　都在天空

前世情人

日曆
撕掉七月七日
情人的別離就隱隱了
再撕掉八月八日
節日的失落也約約了

別後
滾滾的　不託月明
月太鉤　夢會破
月太滿　夢不夠

愛我　留言在我的名和姓
已撕掉了那兩個陰鬱的天

想您　我把名字寫上千遍萬遍

金烏赫蕉

可以被忽略的人
視而不見的物
想迴避的事
越來越多，因為
心理有了專注的目標

是個患得患失的早晨
走進半荒廢的花園
像燃放的鞭炮
串串紅艷躍進了視野
自不起眼的角落
這花未開之前
我幾乎忘了它的存在

叫金烏赫蕉

被專注

總在意料之外

金烏赫蕉花語

——鵬程萬里

松山車站

隔著一條街
就看見它在向我招手
像牧羊人喊著該回家的小羊

這　分明是個桃源的入口
鐵軌是溪流，列車是小舟
乘著小舟順溪而下
又回到了雞犬相聞的地方
北入南出

記住了夾岸的風景
不做胡塗的武陵人
我希望　能再多一個鄉愁

我懷念　像有鄉愁的地方

夜裡的大樓

幾行排隊的小星星
在漆黑的半空等著月亮分糖果
紅燈讀著解散的倒數秒數
小星星們還是不予理會

只有我
無言的離開，且
受挫
受挫於
印象役人以習慣所見

泥中有愛

耕耘機
是白鷺鷥的媽媽
泥土的芳香
讓牠們來回走著母雞帶小雞

駐足
驚擾了這幅溫馨
啄食的家常
振翅成雪白的吻別

美好的時光

一起散散步
童年和長大的童年
美麗的路
有小姐弟的銀鈴小語
有黏住爸爸的手的娃娃車
大腳小腳往前拓印
媽媽說
我們走進畫裡了

迫不及待地
幸福來落款
陽光來裱褙

聰明的影子　也
早已在腳上打樁
跟著
一起童年

楓

不是故意　擋住去路
更沒有勇氣　賭一局未來
只是不小心睡著了
從枝上跌落

沒有想過
被拾起被捧著被欣賞被珍愛
被溫暖被凝視被今天被明天
被一切一切的在乎過
只是不小心睡著了
在等待中

在等待中
分不清
邂逅了風
還是懂？

我的等
酡紅在你的掌中

雲心

想跟隨的心
在你的眼裡拖曳
拖曳成被撕扯的形體

何時再聚？
聚成你眼裡的舒卷情意

漂泊的心
暫寄你的依依

原點

繞著圓
又回到了原點

你是我坐擁的海
我的影
在擺盪中被拉長

我是你光的苗
自你的眼
深植入你的夢

走過

走過這片岑寂
小心地
不去吵醒葉扇下的夢
旅情的步履
即便是散落的輕愁
亦不啣走

海的心情

想留白的心
被大海給藍了
於是
心有了澄澈的色彩

吹吹風　聽聽海
不去管
腳印在沙灘上澎湃

在醫院

揹著朝陽的光
往前直行
前方
是欲雨的天
漫淹著灰
聚居著無常

那是囚禁病痛的地方
住著無法取悅的敵人
還有來自地獄的獰笑
雨　下個不停
在心上在地上

昨天
我還奢望著揩去的光
能減去創的痛
今天　終於明白
親情的撫慰
勝過好幾個太陽

找回我們之間

太陽追著月亮
月亮躲著太陽
繞著圓
繞著緣

天天
盼著月亮出來
盼著太陽昇起
盼到了一條陌生的路徑
在我們之間

睡不著的月亮
偷移了我的夢

我躲在樹林
等著月亮再惡作劇
就要大聲的喊：
「太陽來了」

日記

一程程的今天
筆來帶路
住進記憶的寶殿

一步步回尋的昨天
字也給感動立了碑

意念貫串無數日子
夢中人行跡處處
獨語挾省思雙飛
找本心攜手處的體悟
沒人會來的秘境

可歌可泣　或悲或喜
和自己說說
心的密語

雕像

擺明了
不讓人感覺得到摸得到
心跳

就讓批判的影子去鼓譟
就讓世界去世界吧
雕像　有封閉想法的自由
雕像　有充耳不聞的自由

甚至
連互動也倔強得
不讓人熟悉

風颱

風搭雨篷瘋又癲
虛晃一遭扮鬼魅
消遙來去夢難成
洞開雲天竊好眠

空中的約會

隔絕紛紛擾擾
在小小的城堡
轉述紅塵的是與非

給出一份關懷
給出一份安慰
給出一首好歌
孤寂的心被取悅

陌生又何妨
善言的嘴傾聽的耳
友誼永結
同一時間同一頻道
空中的約會

那個往昔

那個往昔
遠方的你
用謙卑又慈愛的光
亮退我眼底的憂鬱

懷念的時光
是水中的明月
又圓又滿
可那思念卻是天上的星
徘徊再徘徊
徘徊在那段浸潤著美的
若即若離

秧苗

冬鋤已寐
春末歸
閑田先填翠

壤中襁褓
幾番夜涼如水
幾番日灼如炊
始成纍纍

結成纍纍又為誰？
莫負盤中飧
莊稼汗培

蝴蝶蘭

剪影蝶姿
翩翩虛空蘭中入
潔芳綻放順階蓮步
花團錦簇鬧中淡如
栩栩棲留
彩蝶枝上春秋舞
花嬌蝶漫怡人沁脾
與蘭相伴靜心寒暑

一首歌的時間

流行的服飾親切地招呼
絕情地
只想路過
終究
是致命的誘惑

挑挑選選
心不在焉
享受這片刻的逗留

毅然離開
再美再合適
也敵不過那首已播完
愛聽的歌

最美的籤詩

柔柔浮雲襯明珠
遙遙呼應未來路
心似明珠清又楚
不做登高名利徒

媽媽，愛您

寶貝，快快睡
搖籃輕輕地推
寶貝健康長大
就是媽媽最大的安慰

媽媽呀媽媽
長大的我
感謝一路有您來陪
別再嘮嘮叨叨
我已經不再是小寶貝
我的懷裡也有個寶貝

輕輕把他放入搖籃中
親愛的媽媽
讓我抱抱您的累

約，在台北

夜車，是爬行的螞蟻
有塊甜甜的記憶
掉落在台北的抽屜

夜車，穿行在銀河的倒影
窗內的眼睛
帶著夢滑行

遠處有 101
約已醒在晴空裡
台北，今日無雨

掃落葉

庭樹高歌風蕭蕭
飄飄葉落任消遙
無夢無景隨秋欺
眼遮耳閉住心牢
鄰家牆頭聞虎咆
驚心膽破秋遁逃
勞帚殷殷平虎嘯
喚回淨地吐春苗

下著雨

烏雲佔領天空
你佔領我的眼

你追著路
我追著你
雨追著我

你追著路
我追著你
雨擋著我

雨，劫走了你

我，失落在失落裡

雲燃

向夕陽借了把火
把自己燃個通透

用冷漠
狠狠甩開自我
只想
停留在一場空

別說我任性了你的眼
別說我低估了你的懂
我是——
一抹火紅的錯

澄清湖

地建華廈湖造樓
富貴貧賤影中過
歸雲散盡黃金財
難買湖心一片真

高壓電塔

在澄空藍彩幾筆薄雲
淡淡如雅當心情背景

頂天立地
心胸更豁達了
低頭　熙熙攘攘
抬眼　曠遠綿延

熙熙攘攘
近了過客
曠遠綿延
遠了立者

與你共舞

音樂一下
喜悅就等在那裡了

進退共移
滑進音符裡的路
得意與滄桑交給歌者
唱出收放自如

不讓巧與拙競技
只讓善與誠共舞

網

讓樹習慣不用葉來陪
用了一個秋天
讓樹忘了對葉的眷戀
用了一個冬天

日子如此揮霍
只為了更看清楚
樹簾後的那張臉

那曾是我的
藍天

寫信

想你的時候
在信紙的這端眺望著
叫筆拎來文字的首飾盒
索性把自己巧扮成　一首詩
寄給你

花之物語

花園裡
種了棵「我愛妳」
昨日　花開並蒂
今日　下起了花瓣雨

花說
讓愛　先置身事外
讓愛　不再依附我和妳
因為，並蒂
不適合今日的天氣

是季節空了心

才開不出騙人的把戲
是蕊中被偷藏了三顆心
才下了花瓣雨

翁月鳳

曾在人間副刊、台灣時報、中華副刊、聯合報副刊發表詩與散文。

得過第六屆南瀛文學獎，創作獎——散文類。詩作被選入教科書。

詩人選粹 3

錯把月光當黎明

翁月鳳詩集

作　　者：翁月鳳
編　　輯：許世賢　楊芸筎
美術設計：許世賢
出 版 者：新世紀美學出版社
地　　址：台北市民族西路 76 巷 12 弄 10 號 1 樓
網　　站：www.dido-art.com
電　　話：02-28058657
郵政劃撥：50254486
戶　　名：天將神兵創意廣告有限公司
發行出品：天將神兵創意廣告有限公司
電　　話：02-28058657
地　　址：新北市淡水區沙崙路 25 巷 16 號 11 樓
網　　站：www.vitomagic.com
總 經 銷：旭昇圖書有限公司
電　　話：02-22451480
地　　址：新北市中和區中山路二段 352 號 2 樓
網　　站：www.ubooks.tw
初版日期：二〇一七年一月
定　　價：四二〇元

國家圖書館出版品預行編目（CIP）資料

錯把月光當黎明 ： 翁月鳳詩集 / 翁月鳳著 . -- 初版 . --
臺北市 ： 新世紀美學， 2017.1　面 ； 公分 . --
（詩人選粹 ;3）ISBN 978-986-93168-3-5（精裝）

851.486　　105007553

新世紀美學